# चुस्की

## एहसासों के ज़ज़्बात



PUBLISHED B

POETRY WORLD ORG



**PRINTED IN INDIA**

# चुस्की

## एहसासों के ज़ज़्बात

अंकिता साहाणी

अंकिता साहाणी

|| अनजानी यादें और अचानक बरसातें
बस इन्हीं का वहाँ सिलसिला होगा
फ़ासले से लिपटी रही हर वह मुलाकातें
फैसला उनको भी शायद मिला होगा !!

कहीं ना कहीं होंगी भीगी हुई रातें
और शिकायतों के साथ गिला होगा
नए से बहानों में, नए-नए ये नाते

होगी कहीं तो बयान अनकही बातें
जहां ना होगा मौसम खराब, ना होगा वक़्त उदास
और बस वहीं हर किस्से का सुलह होगा !! ||

अंकिता साहाणी

अंकिता साहाणी एक भारतीय थियेटर एक्टर है, बचपन से ही कविता और कहानी लिखने का शौक़ रखने वाली अंकिता का जन्म 09 सितंबर 2001 में विश्व के सुप्रसिद्ध शहर "हीराकुद" में हुआ है। काफ़ी सारे सांस्कृतिक समारोह में उद्घोषिका बनने से लेकर ओडिशा के गोष्ठी बेतार केंद्रों में कहानियाँ सुनाने तक के सफ़र के बाद, बहुत कम उम्र में ही बहू प्रतिभामुखी होने के कारण अंकिता को "द यॉग टैलेंट" के नाम से सम्मानित भी किया गया है।

instagram - @ankeetaas

mail id - ommsri242@gmail.com

अंकिता साहाणी

अंकिता साहाणी

# विषय-सूची

अंकिता साहाणी

# कहानियाँ

एक सुनी-सुनाई कहावत है ;

**"सपने पूरा करने का हक भी उन्हीं के पास होता है, जो उसे खुले आँखों से देखने की चाहत रखते हैं"**

हम सभी को बचपन से ही कहानी सुनने या अपने इच्छा अनुसार कहानी सुनाने का बहुत शौक़ होता है।

मुझे भी है..

मेरे लिए कहानी का मतलब ही बहुत अलग है।

कहानी यानी .. एक ऐसी दुनिया जो हमारे भ्रम से बनती है, हमारे मन में बनती है।

लेकिन हम ये भूल जाते हैं कि कहानियाँ कुछ और नहीं बल्कि वही एक कोना है।

जहाँ हम अपनी एक अलग दुनिया की कल्पना करते हैं, जहाँ हमारी अधूरी बातें पूरी हो जाने की

# अंकिता साहाणी

एक छोटी-सी आस होती है .... जहाँ टूटे हुए.... बिखरे हुए ज़ज़्बात जुड़ जाने की उम्मीद होती है, जो हमारी कल्पना को हमारे एहसास को किसी और के किरदार में दर्शाती है।

ये तो ऐसे ही बात हो गई, जैसे ख़ुद का मकान होते हुए भी पराए के घर में किराया दे कर रहना ....

ये वही दुनिया है, जिसे हम असली में जीना चाहतें हैं, जहाँ पर रह कर कुछ रोमांचक पल को असली में महसूस करना चाहतें हैं। ये कुछ और नहीं बल्कि वही खुशी है, जिसके सोचने पर ही बदन में ठंडी हवा रेंग जाती है। मगर जब हम इस खुशियों से असलियत में रूबरू नहीं हो पाते तो, या फिर हम उसे कहानी बना कर किसी को सुना देते है, या एक सपना मान कर भूल जाते हैं।

मैंने तो खुशी की कल्पना सिर्फ़ इन्हीं कुछ कहानी में ही की है, और उसके बाद वाला दुखों का जो टुकड़ा, जिसे ज़िन्दगी में अनुभव किया..... उसे ही सच और ज़िन्दगी की मर्ज़ी मान कर जी लिया।

मगर कब तक ??

|| ज़िंदा हूँ ए-ज़िन्दगी

तू ये मत समझ ना

की जी रहा हूँ मैं

बैठा हूँ सामने जाम के

तू ये मत समझना

की पी रहा हूँ में ||

मैंने खुशी और उन के वज़ह को हमेशा किसी ना किसी जरिए में ढूँढा है, किसी ना किसी ज़रिए से ढूँढा... !!

लेकिन अपने अंदर नहीं !

शायद एक बार अपने अंदर भी झाँक लिया होता ...

पर मैंने तो...!!

हाँ! ये बात सच है कि, मैंने कभी कोशिश नहीं की हकीकत को समझने की, उसे अपनाने की।

जब भी अकेले होती तो पूछ लेती हूँ ख़ुद से ये बात

क्या हर्ज़ है!! सपनों को अपना अधूरा-सा कोई किस्सा ना बना कर,

उन को पाने के लिए काबिल बनने की कोशिश करने में??

वैसे तो हर एक की अपनी अलग कहानी होती ही है, एक अनकही कहानी....

जिसे किसी ने नहीं सुना होगा आज तक, या उस कहानी को जान-बूझ कर छुपाया गया हो !

**॥ हर किसी की अपनी मज़बूरी होती है**

**कई ख़्वाहिश भी अधूरी होती है**

**बेहतर और बेहतरीन में फ़र्क सिर्फ़ इतना है**

**कोई खुश है अपने ही हाल में**

**किसी के पास हालात बदलने की मर्ज़ी होती है ॥**

# आज़ाद पंछी

चेहरे पर प्यारी-सी मुस्कान लिए उसने अपने एहसासों को लिखना शुरू किया,

उसकी कलम ही तो एक दोस्त है जो उसे समझती है, उसकी मदद करती है।

पहले पन्ने पर .. पहला सवाल !

"आखिर मेरी गलती क्या है? मैं बस जीना ही चाहती हूँ ना, वह भी अपने हिसाब से!"

**॥ वह मुझे मासूम तो कहता है,**

**पर मेरी मासूमियत कभी समझ ना पाया**

**मैं नादान हूँ जानते हुए भी,**

**उसने मेरी नादानियों को डराया ॥**

**मैं किसी गैर से बात करूँ तो जलन होती उसे**

अंकिता साहाणी

पर पूरा शहर उसे चाहता है,

वह सभी का यार है,

अब मैं इसी कशमकश में उलझी हूँ

क्या यही उसका प्यार है?

वह मेरी तकलीफों को जानते हुए भी

अनजान बन कर बैठा है,

वह मुझे नए दर्द देने का

इंतजाम कर बैठा है,

जो कहता था तुझ पर एक आंच नहीं सह सकता

वह मुझे अब खरोच ने को तैयार है,

और मैं इसी कशमकश में उलझी हूँ,

क्या यही उसका प्यार है ॥

फिर अचानक रोने लगी, बच्चों की तरह बिलखने लगी... उसके इस तड़प को किसी ने भी ना देख पाया। किसी को भनक भी ना लगी होगी। कहीं उसके साँस लेने पर किस को परेशानी ना हो जाए, इसलिए बेचारी साँस भी एक दम धीरे-धीरे से लेती।

दुनिया की सब से बड़ी परेशानी तो यही है, हर कोई सब कुछ जानता तो है... पर समझना कौन चाहता है??

अपने दर्द को सुनाना तो सभी की चाहत है, पर किसी और का दर्द सुनना कौन चाहता है??

और शायद पहले सवाल का जवाब भी यही है!!

वह दूसरों के तकलीफों को जानती थी, समझती थी, पर उसने महसूस तब किया जब तकलीफें उसके अपने ख़ुद पर बीतते हाल बने।

वह तो सिर्फ़ जीना चाहती थी मगर अब सच जान कर ....और नहीं ........!!!!!!

सच क्या है ?!?!

सच यही है कि कुछ लोगों को सिर्फ़ एक बदन चाहिए,

हाँ! सिर्फ़ जरूरत होती है एक बदन की!

वह बदन जो दूसरों के मुताबिक चले, जो दूसरों के हिसाब से जिए।

लेकिन जो लोग अपने आप के पसंदीदा होते हैं, वह दूसरों के मुताबिक नहीं चल सकते!

फिर चुभने लगते हैं औरों की नज़रों में।

वह किसी के लिए ऐसा बदन बनना ही नहीं चाहती। यही उसकी बड़ी गलती है। शायद!

उसकी हँसी!!

उसकी हँसी भी चमक रही थी ठीक उसी तरह...

जैसे कांच टूट कर चूर-चूर हने पर चमकता है।

अपने ख़्वाहिशों के मर जाने के बाद अब ज़िंदा रहना सिर्फ़ मज़बूरी ही तो होती है...

हर कोई आज़ाद रहना चाहता है, आज़ादी तो पहला हक है सभी का ..

भला अगर पंछी के पास उड़ने को सुंदर-सा पंख है, खुला आसमान है.. और वह कैद है अपने मर्ज़ी के खिलाफ! तो वह पंछी अपनी ख़्वाहिशों को नहीं

मारता, वह अपनी साँसों को आज़ाद कर देता है, हमेशा-हमेशा के लिए।

**।। खारे आँसू को पिए जा रही है**

**ख़्वाहिशों के होंठ सिए जा रही है**

**मर्ज़ी या मज़बूरी पता नहीं मुझे**

**ज़िन्दगी साँसों का बोझ लिए**

**जिए जा रही है........ ।।**

# तोहफ़ा

3-4 मुलाकातें ही हुई होंगी दोनों की अब तक, एक-दूसरे के साथ..

उस बार जब देव आया था तो तनीषा के लिए तोहफ़ा लाया था......

हर बार की तरह उस दिन भी देव अपने घर जाने से पहले तनीषा से मिलने, तनीषा के घर ही गया।

पेशे से देव वकील है...

दूसरे शहर में अपनी दादी के साथ रहता है..

जब देव के पापा इस शहर में आए, तो दादी ने आने से इनकार कर दिया था! आज जहाँ देव और दादी रहते हैं, वह घर दादा जी का आखिरी तोहफ़ा है दादी के लिए .. देव भी दादी से बहुत प्यार करता है, उनकी और खिंचाव रखता है इसलिए उन्हीं के साथ रह कर पला बढ़ा। खैर...

गुल्लू! गुल्लू नाम है देव का..

दादी ने दिया था जब वह सिर्फ़ 2 दिन का था,

तनीषा ने फोन पर भी यही नाम लिखा है....।

वैसे तनीषा एक लेखिका है, कहानियाँ लिखने का शौक़ रखती है। हाल ही में एक किताब आयी थी, उसकी जिसे पढ़ने के बाद देव बाबू बावले से हो गए, लट्टू हो गए तनीषा जी के लिए।

फिर वही हुआ जो अक्सर अनजान दो लोगों में प्यार होने से पहले होता है। फिर 7 महीने का रिश्ता और अब 2 महीने बाद जब मिलना हुआ तो दोनों ही बहुत खुश थे....

इस खुशी में उस दिन... तोहफे में एक डायरी थी तनीषा के लिए..। डायरी देते वक़्त देव ने कहा

"तुम इस पर हमारी कहानी लिखना...

उन खास पलों के बारे में लिखना, जिसे तुम भूलना नहीं चाहती...

उन झगड़ों के बारे में लिखना, जिनके बाद हम दोनों और भी ज्यादा एक-दूसरे के करीब हो गए...

उन लम्हों के बारे में लिखना, जिनको हम ने साथ मिल कर यादगार बनाया है...

और हाँ! सुनो, उन सपनों के बारे में भी लिखना, जिनको हम साथ-साथ पूरा करना चाहते हैं ..."

तनीषा के लिए देव की तरफ से ये पहला तोहफ़ा था, जो बहुत ही ज्यादा कीमती है।

दो सालों में कई सारे पन्ने खट्टे-मीठे किस्सों में भर चुके थे। उस डायरी की छोटी-छोटी कहानियों ने बड़े-बड़े भावनाओं को सम्भलने ज़िम्मेदारी उठाई है। पर....

अब कुछ पन्नों में दरारें और फसलों का ज़िक्र सुनाई दे रहा है। कहीं-कहीं पर गहरे निशान भी बन गए है, जो कागज़ के सिकुड़ जाने से बनती है। शायद दर्द के आँसू ने मुलायम से कागज़ को अब तीखा बना दिया है.... खूबसूरत पन्नों को दाग़ दे दिया है। ज़ाहिर है उस खट्टे-मीठे रिश्ते में अब कड़वाहट भी घुल गई है, ज़ाहिर है तनीषा खुश नहीं है... ऐसा नहीं कि कोशिश ना होगी दोनों की, अपने रिश्ते को बचाने की ...

पर एक बार अगर मन ऊब जाए तो क्या किया जा सकता है!?!?!?!?

आखिरी बार जब दोनों की बात हुई तब

“हमें और साथ नहीं रहना चाहिए”

ऐसा देव ने अपने तरफ़ से कह दिया।

इस पर तनीषा को क्या कहना चाहिए था ??

देव ने ये भी कहा -

“मैं तुमसे बहुत प्यार करता हूँ, और आगे भी करता रहूँगा”

तो फिर दोनों के साथ रहने में क्या हर्ज़ है ??

"ऐसे झगड़ते हुए भी साथ रह सकते हैं ना ?"- तनीषा बहुत रो रही थी ...

ना जाने उसने ये अनोखा सवाल पूछा था या अपनी ज़रूरत को बयान किया था!

**“उन्होंने मेरी आबरू को**

**सड़क पर गिरा कौड़ी समझ लिया**

**मन किया तो उठा लिया**

**मन किया तो उछाल दिया”**

मयूरी ये कहानी अपने डायरी पर लिख ही रही थी कि गलती से उसके दाहिने हाथ का कोहनी पास में पड़े चाय के कप पर बज गया, और तुरंत ही चाय डायरी के पन्नों पर फैल गई....

चाय गरम थी, हड़बड़ा कर मयूरी खड़ी हुई और डायरी को झाड़ने लगी, सुखाने की कोशिश करने लगी.. जब कुछ वक़्त के बाद डायरी हवा से अपने आप सूख गई तो उसमे अजीब से सिलवाते पड़ गए थे, पन्नों को नए दाग़ मिल गए थे। फिर वापस से वह सोच में डूब गई, ख़ुद को तनीषा समझने लगी।

अपने टूटे रिश्ते को याद करने लगी और अपने तोहफे को देव के तोहफे से तुलना करने लगी।

करण को देव का किरदार देने लगी...!!

तब जाकर वह इस फैसले पर आयी, अब वह दोबारा कोशिश नहीं करेगी, रिश्ते निभाने की, रिश्तों को सुधारने की। कितनी भी कोशिश कर लो, कुछ भी पहले जैसा नहीं हो सकता... सिलवाते और दाग़ पड़ ही जाएँगे, कितने गहरे हैं दिख ही जाएँगे।

फिर मयूरी ने वही किया जो शायद उसे बहुत पहले कर लेना चाहिए था...

जला दिया अपने अंदर बसी तनीषा को जला दिया अपनी असली कहानी को जला दिया उस तोहफे को और साथ ही करण की यादों को।

|| तेरी राह ताकते-ताकते
शाम हो जाती है
फिर पता भी नहीं चलता
जब बुझती है शमा
और रात हो जाती है

सामने ना सही यादों में हर रोज़
तुझसे मुलाक़ात होती है
जहाँ मेरे अंदर उभरते
हर घाव की बात होती है

मैं अपने इश्क़ में वो वजूद बनना चाहती हूँ
जैसे इश्क़ में दर्द का सबूत बनना चाहती हूँ

तू दूर है तेरे करीब में होना भी नहीं चाहती
पर तू पास आए मेरे ऐसा नसीब अपना मैं खोना भी नहीं चाहती

बहुत से शिकवे में अपने अंदर सजाए बैठी हूँ
कुछ गीले को साथ रख तेरी आस लगाए बैठी हूँ

समझ बस इतनी-सी नहीं की कसर कहाँ रह
जाती है

तेरी राह ताकते-ताकते शाम हो जाती है
फिर पता भी नहीं चलता कब बुझती है शमा और
रात हो जाती है ॥

# आशा

आशा भी मेरी ही तरह है, ख़्वाहिशों से भरी हुई ..

एक सपने सजाती-सी लड़की, जो फिलहाल तो परेशानियों से जूझ रही थी, और कोशिश कर रही थी उनसे छुटकारा पाने की।

होनी को भला कौन टाल सकता है!

किसी कहानी के किरदार की तरह वह बस अपना हिस्सा, अपने किस्मत का लिखा बगैर अपनी मर्ज़ी के काट रही थी।

कब-क्या-कहाँ ! ना कोई चीज की खबर थी, और ना ही था आने वाले वक़्त का कोई अता-पता !

उसकी एक आदत बताऊँ??

आशा को पत्ते जमा करने का बहुत शौक़ है। हर रोज़ बागीचे में जाती और एक ही पत्ता उठा कर अपने साथ ले आती।

पूरा पत्ता नहीं!

बस टुकड़ा, पत्ते का कोई टूटा-बिखरा सा टुकड़ा !

अगर कोई दिन ऐसा रहा हो जब उसे अपने बागीचे से कोई भी पत्ते का टुकड़ा ना मिला हो, तो उस दिन वह पूरा वक़्त उदास रह जाती है, अकेले गुमसुम किसी कोने में बैठ जाती है।।

ये आदतें भी अजीब होती है ना ? ! ?

ये आदत ही होती है, जो एक इंसान के बारे में कई सारी बातें बता सकती है।

जैसे कोई क्या सोचता है,

कोई क्या सोचना पसंद करता है,

किन चीजों को नापसंद करता है, बगैर!

"तुम मेरी परछाई हो !"

हाथ में एक सूखे से पत्ते के टुकड़े को पकड़ कर ना जाने आशा किस से बात कर रही थी। कहीं आशा पागल तो नहीं !!

फिर वह तुरंत ही सोने चले गई......

**॥ क्या होगा अगर**

**यहाँ से मैं चली जाऊँ**

**जो दुनिया मुझे**

**इतना सता रही है**

**उससे मैं रूठ जाऊँ**

**क्या कोई मुझे "आ जाना यार"**

**कह कर वापस बुलाएगा**

**अगर बात चल रही हो खुशियों की**

**क्या मुझे कोई वहाँ याद कर पाएगा**

जब चल रही हो तारीफें अच्छाई और बुराई की
क्या मेरे किस्से वहाँ कोई किसी को सुनाएगा

आज पास हूँ तो कर रहे हैं
बात-बात पर परेशान मुझे
क्या होगा अगर
यहाँ से मैं चली जाऊँ
जो दुनिया मुझे
इतना सता रही है
उससे मैं रूठ जाऊँ

अब तो हर कोई खफ़ा है मुझसे
मेरे नाराज़ हो जाने पर
क्या कोई मुझे मनाने आएगा?
क्या कोई मेरे किए गलतियों को छिपाएगा?
क्या मेरे जाने के बाद कोई आँसू बहाएगा

## क्या कोई मुझे खो देने पर पछताएगा

**आज इस जमाने के शोर ने**

**दबा दिया है मेरी आवाज को**

**क्या होगा अगर मैं**

**हमेशा के लिए खामोश हो जाऊँ**

**जो दुनिया मुझे**

**इतना सता रही है**

**उससे मैं रूठ जाऊँ ॥**

वक़्त सुबह का था। वह पागलों की तरह इधर से उधर दौड़ रही थी। गुस्से में थी.... और शायद मायूस भी!

थोड़ी देर बीत जाने के बाद वह वापस अपने बागीचे में गई, बगीचा साफ़ है।

आज घर में सफ़ाई हुई है, दो दिन बाद दीवाली है.... घर का सारा कूड़ा-कचड़ा फेंक दिया गया है... वह पत्ते भी...

रो-रो कर वापस अंदर गई, और ज़ोर से चिल्लाने लगी, उसकी ये चिल्लाने की आदत घर में किसी को पसंद नहीं..

"क्यों फेंका तुम लोगों ने उन सूखे पत्तों को?"

"अरे तो क्या तू उन पत्तों से पौधे उगाने वाली थी!" माँ ने बड़े ही खारे आवाज़ में कहा

माँ का आशा के प्रति वह उखड़ा स्वभाव, बता रहा था.. आशा क्यों इतना परेशान रहती है।

आशा को सब पागल समझते हैं, यहाँ तक कि घर वाले भी !

बचपन से ही वह अपने दुनिया में खोई-खोई सी रहती है, अपने आप से बात करती है, छोटी-छोटी

चीजों पर चिढ़ जाती है। बगैर कुछ समझे बुझे ही किसी को कुछ भी जवाब दे देती है।

पर सच कहूँ तो उस बेचारी की कोई भी गलती नहीं। माँ के नाज़ायज़ रिश्ते ने उसे दिमागी तौर से परेशान कर दिया है। पापा को भी बच्चों की कोई फ़िक्र नहीं। घर के बिखरे हुए हालत को देखने के बाद ही आशा ने ख़ुद को टूटे, सूखे पत्तों के साथ जोड़ना शुरू कर दिया, उनको अपना दोस्त और ख़ुद को उनका हम-दर्द बनाना शुरू कर दिया।

वह ख़ुद भी तो कुछ ऐसे ही थी, परिवार के होते हुए भी उसे किसी का साथ नहीं मिलता। सब ने उसे ख़ुद से अलग कर दिया है। दोस्त तो कई हैं, पर आशा की असलियत कोई नहीं जानता। जान कर करेंगे भी क्या!

आशा तो निराशा के साथ उन पत्तों को ख़ुद के ज़िन्दगी में शामिल कर रही थी, नया परिवार बना रही थी, नए दोस्त सज़ा रही थी। अब तो उन पत्तों को भी उस से दूर कर दिया गया। शायद यहाँ पर सब कुछ, कुछ वक़्त के साथ के बाद दूर होना ही किस्मत का लिखा है।

**"वह ना खुश है बगैर मेरे**

**फिर मुझे ख़ुद के पास**

**बुलाते क्यों नहीं?**

**मैं ज़रूरत हूँ उन्हें...**

**ये एहसास मुझे**

**जताते क्यों नहीं?**

**लाजमी है क्या,**

**वह नाराजगी**

**जो फासले बढ़ा दे !!**

**उभरी है अगर कोई शिकायत**

**तो वह मुझे बताते क्यों नहीं ?"**

# वह सब सच था

"हम सभी बहुत ही अजीब-सी ज़िन्दगी जी रहे हैं"

इतना कहते ही गौतम आज थोड़ा जल्दी काम के लिए निकल गया। मगर इस बात से सुपी को ज़रा भी हैरानी नहीं हुई थी। वह गौतम के इस रवैए को पिछले सात सालों से समझ ने की कोशिश कर रही थी, पर आज तक समझ नहीं पाई। सुपी गौतम को नहीं बल्कि अपनी ज़िन्दगी को एक पहेली मानती थी। गौतम के साथ रह कर कुछ-कुछ वह ख़ुद भी उस जैसे बन गई है।

हर रोज़ की तरह ही चल रहा था सब कुछ!

वही घर के पास वाले काली माँ के मंदिर से घंटियों की आवाज़ आ रही थी, वही गलियों से गाड़ी में बैठ कर गौतम ऑफिस जा रहा था, वही दुकान, वही बाज़ार से हो कर रास्ते से गुजरना, पर आज गौतम कहीं खोया-खोया सा था......

चेहरे पर अजीब-सी मुस्कान लिए सब कुछ ऐसे देख रहा था, मानो जैसे वह इस शहर में नया है!

अपने बाइक पर बैठ के वह उस रात में गुम हो गया था, जिस रात पापा ने गौतम से वादा किया था "आज में घर जल्दी आऊँगा तो सब साथ बैठकर खाना खायेंगे"।

माँ ने भी सब्जी गौतम के पसंद की बनाई थी, अगले ही दिन वह अठारह का होने वाला था ...

आज जो गौतम इतना परेशान और सहमा-सहमा सा रहता है, वह उस रात बहुत खुश था।

वह खुशी ज्यादा देर तक ठहरी नहीं, वह खुशी, वह उतावलापन बेचैनी में बदल गया जब बताए हुए वक़्त से कई देर बाद दरवाज़े पर से दस्तक सुनाई दी।

पापा ही थे, पर वह साथ बैठ कर खाना खाने नहीं बल्कि ज़िन्दगी का मतलब समझाने आए थे, वक़्त हो चुका था इसलिए ज़िम्मेदारी सौंपने आए थे।

और साथ ही कुछ बुरे यादों का बोझ थमाने आए थे।

उस रात के बाद सब कुछ बदल गया, गौतम ख़ुद भी बदल गया !

**॥ वह कहते हैं, हम बदल रहे हैं**

**हम तो वक़्त के रहते सम्भल रहे हैं ॥**

अपनी सोच से बाहर आने से पहले ही गौतम की बाइक सामने खड़े एक बड़े से गाड़ी पर जा टकरा गई!

अपने ख़्यालों में गुम गौतम को मौका ही नहीं मिला सम्भलने का।

पर सच तो ये है कि वह कभी भी अपने पापा जैसे बनना नहीं चाहता !

अपने ही तरह अपने बच्चों को पछतावे में नहीं रखना चाहता !

अपनी माँ की तरह सुपी का हक छीनना नहीं चाहता !

सर पर वैसे ही चोट लगी है जैसे उस रात पापा को लगी थी, खून भी बहुत ज्यादा बहने लगा है.....

-"अरे! ये क्या हुआ, देखो! देखो! कोई एम्बुलेंस बुलाओ"

-"अरे कोई पानी लाओ ज़रा"

-"ऐ कालू पानी ला"

-"हाँ! हाँ! भाई आ रहा है एम्बुलेंस!"

लोग चिल्लाने लगे, इकट्ठे होने लगे। आँख बंद होने ही वाली थी कि....!!!

आज फिर सुपी ने गौतम के माथे पर से बहते पसीने को देख लिया, वह पहचान गई थी कि ये पसीना परेशानी का पसीना है... कोई बुरा सपना देखने की वज़ह का पसीना है !

"जन्मदिन मुबारक हो,

आज बिट्टू स्कूल नहीं गया है.... आप भी ऑफिस से छुट्टी ले लो ना ...

....माँ आपका नीचे इंतज़ार कर रही है.....

अच्छा सुनो! मैं आज वह नई वाली साड़ी पहन लूँ क्या...???"

इतना कहते ही सुपी गौतम को प्यार भरे नज़रों से निहार ने लगी। गौतम हैरानी से सब कुछ देख रहा था।

पर अचानक सुपी का चेहरा गौतम के आँखों के सामने से धुंधलाने लगा...

गौतम की आँखें बंद होने लगी... और साथ ही साँसे भी ..!

आज फिर गौतम सच और सोच में फ़र्क नहीं जान पाया। आज गौतम फिर अपने दिमाग के खिलाफ लड़ पाने में नाकाम हो गया। आज फिर गलती कर दी गौतम ने।

उस दिन ना पापा रहे और ना ही आज गौतम !

**॥ किसी अपने का गुज़र जाना सताने लगता है**

**सपनों में बार-बार परेशान करने लगता है**

**मेरे लिए तो अब झूठ ही अच्छा है**

**सच तो सच बता कर डराने लगता है ॥**

# सही फैसला

## "किसी भी मुकाम पर पहचान आसान नहीं"

कम उम्र में ही सफल होने के पापड़ हर कोई बेलना नहीं चाहता!

प्रेरणा बचपन से यह सुन सुनकर बड़ी हुई कि, ज़िन्दगी में सबसे मुश्किल काम है कोई फैसला लेना। एक बार उसने सुना था। दामिनी काकी को अपने बड़े बेटे से यह कहते हुए - "बेटा अगर कुछ करना है तो सबसे पहले फैसला लेना सीखो"

सूरज भैया की उम्र अभी 34 साल की हो गई है...

किस्मत का साथ नहीं इसीलिए ना कोई नौकरी है और ना कहीं पर काम मिल रहा है। इसी बात के लिए दामिनी काकी और छोटे काका में हर रोज लड़ाई होती है।

"अबे नालायक ज़िन्दगी भर बाप के पैसे से ऐश करने का ख़्याल अब तो दिमाग से निकाल दे....

काम करेगा नहीं तो लड़की कौन देगा तुझे! ख़ुद को खिलाने के लिए जेब में पैसे नहीं है, परिवार कैसे चलाएगा तू!"

दामिनी काकी और सूरज भैया दोनों को ही काका की बातें कड़वी लगती है।

जब काकी सूरज भैया को समझा रही थी तो प्रेरणा भी समझने की कोशिश कर रही थी, सीखने की कोशिश कर रही थी।

पर वह बातें झूठी थी!

अगर सच होती तो क्या आज.....!

सूरज भैया तो थे ही आलसी, पर प्रेरणा का ना ही ख़ुद का कोई भाई था और ना ही कोई बहन थी। बचपन से ही बड़े प्यार और आराम के साथ वह पली-बढ़ी है। मगर अब बड़े होकर अपने माँ-बाप के लिए बोझ नहीं बनना चाहती थी, वह बल्कि ख़ुद उन दोनों की जिम्मेदारी उठाना चाहती थी.. जैसे उन्होंने बचपन से इसकी जिम्मेदारी उठाई है।

हर लड़की की तरह वह भी आसमान को छूना चाहती थी और उड़ना चाहती थी, दुनिया को

अपनी तरह से समझना चाहती थी, अपनी परिभाषा दुनिया को समझाना चाहती थी...।

जरूरत!!!

नहीं जरूरत कुछ भी नहीं। उसके अपने सपने और उसके ख़ुद के शौक़ ही ऐसे अजीब से थे। आज उसी शौक़ और सपने को पूरा करने के लिए छूट देने की सजा प्रेरणा के माँ-बाप को मिली। शहर में दूर रहकर पढ़ाई करना यह तो ठीक था, पर प्रेरणा पढ़ाई के अलावा....!

जब प्रेरणा की खबर सुबह उसके माँ-बाप को मिली तो उनके पैरों तले जमीन ही धँस गई। ऐसा कैसे हो सकता है वह तो मानने को तैयार ही नहीं थे। प्रेरणा की तो उम्र भी बहुत छोटी है, अभी सिर्फ़ 18 साल। यह तो वह उम्र है जिस उम्र में इंसान सबसे ज्यादा गलतियाँ करता है, सबसे ज्यादा सीखता भी है।

**॥ खिलाफ अपनों के होकर क्या करोगे**

**बात ज़हन की समझा कर क्या करोगे**

## अंकिता साहाणी

**दिल काफ़िर से लगाकर क्या करोगे**

**शौक़ अपनी जता कर क्या करोगे**

**जहर जाम-सा पीकर क्या करोगे**

**गुमसुम अकेले रह कर क्या करोगे**

**ख़ुद को पुछ लिया करता हूँ अक्सर**

**तसल्ली अगर इस से भी ना मिली, तो**

**नज़रें नज़रों से छिपा कर क्या करोगे**

**खिलाफ अपनों के होकर क्या करोगे ॥**

प्रेरणा को गाना गाने का बहुत शौक़ था जहाँ वह रहती थी। वहीं के पास में एक बस्ती थी, जहाँ जाकर वह कुछ छोटे बच्चों को गाना सिखाती थी और पता है सबसे खास बात क्या है!! वह मुफ़्त में गाना सिखाती थी..।

प्रेरणा को लगता था कि ऐसा करने से उसका रियाज़ भी हो जाएगा,

उसे दूसरों को सिखाने का तजुर्बा भी मिल जाएगा,

और उन बच्चों को भी मदद मिल जाएगी।

वह इतना ज्यादा ध्यान देने लगी, उन सब के बारे में इतना सोचने लगी कि पढ़ाई से उसका मन ही भर गया। अब वह पढ़ाई में ध्यान ही नहीं दे रही थी। इसका एहसास उसे तब हुआ जब उसका कॉलेज में आखिरी साल था और आखिरी परीक्षा के फल निकलने के बाद पता चला वह बारहवीं में फेल हो गई है। ये एक बड़ी अनहोनी हो गई।

उसके पास तो अब दो ही रास्ते बचे थे,

या तो सच को अपनाकर आगे बढ़ती, अपने माँ-बाप की मदद ली थी, या तो हार जाती और टूट जाती।

शायद ज़िन्दगी को........!!

रात को सोने से पहले प्रेरणा ने माही को कॉल किया था। माही उसकी सबसे अच्छी दोस्त थी।

"माही ज़िन्दगी में सिर्फ फैसला लेना ही जरूरी नहीं होता, बल्कि सही फैसला लेना जरूरी होता है"; प्रेरणा ने माही को रोते हुए कहा।

माही भी यही सोच रही थी कि अभी प्रेरणा उदास है इसीलिए ऐसी बातें कर रही है।

"प्रेरू तुम अभी सो जाओ, अपने दिमाग का ढक्कन बंद करके चुपचाप सो जाओ। जो सोचना है, क्या करना है, उसके बारे में हम सुबह बात करेंगे।"

माही ने प्रेरणा से सोने को कहा और वह ख़ुद फोन काट कर सोने चली गई। उसका भी कुछ वही हाल था। फेल तो नहीं हुई थी, पर इतने अच्छे मार्क भी तो नहीं थे!

माही का घर पास ही में था, सुबह होते ही माही प्रेरणा से वहाँ मिलने गई जहाँ प्रेरणा रहती थी। एक छोटा-सा कमरा प्रेरणा ने भाड़े में लिया था। प्रेरणा हॉस्टल में रहना पसंद नहीं था..... वहाँ पर मेस का खाना भी अच्छा नहीं होता और लड़कियाँ भी अजीब-अजीब होती हैं... इसीलिए अकेला रहना चाहती थी। प्रेरणा के कमरे का दरवाजा खुला हुआ था सामने पड़े स्टडी टेबल के ऊपर एक किताब खुली थी, उसी किताब के नीचे एक कागज़ का टुकड़ा दबा हुआ था। तुरंत माही ने प्रेरणा के घर पर कॉल किया और कागज़ पर क्या लिखा था, यह बताया, जिसे सुनने के बाद माँ-पापा बहुत ज्यादा ही परेशान हो गए। उन्हें कुछ समझ ही नहीं आ रहा था कि आखिर ऐसा हो कैसे सकता

है!!!!! फिर भी वह इंतजार करते रहे कि उनकी बेटी वापस आएगी, जरूर और सही सलामत वापस आएगी....

शाम को ऐसे ही अपने घर के दरवाजे के सामने बैठ माँ-पापा इंतजार कर रहे थे, उनकी बेटी के आने का, शाम के 4:15 बजे ही थे कि सर झुकाते हुए प्रेरणा सामने से घर की ओर आ रही थी।

माँ दौड़ कर चली गई अपनी बेटी को गले लगाने.... पापा भी खुश थे और वह जाकर प्रेरणा के सर पर अपना हाथ फेरते हुए फोन में कहे गए माही के बातों को याद करने लगे। प्रेरणा ने उस कागज़ के टुकड़े पर यही लिखा था;

"मुझे माफ़ कर दो माँ-बाबा, मुझे पता है कि मैं उस नतीजे पर नहीं खड़ी उतर पाई, जिसके लिए आप दोनों ने इतने सालों से मेहनत की! हाँ! मैं फेल हो गई और यह बात मैं आप दोनों को कैसे बताऊँ, मुझे बहुत डर लग रहा था। इसीलिए मैंने इस चिट्ठी का सहारा लिया। मुझे पता है की माही आकर आप दोनों को यह चिट्ठी के बारे में जरुर बताएगी, वह

आने ही वाली होगी, अच्छा ठीक है, मैं निकलती हूँ।"

प्रेरणा वैसे ही रो रही थी, अब माँ को रोता देख बहुत ज्यादा डर गई थी... और जोर-जोर से रोने लगी इतने में ही प्रेरणा की माँ ने बड़े हल्के मन से कहा;

"बेटा फैसला लेना कोई बड़ी बात नहीं! पर एन वक़्त पर आप क्या फैसला लेते हो, कैसे फैसला लेते हो वह जरूरी है... और हमें गर्व है कि हमारी बेटी ने सही फैसला लिया। जल्दबाजी में कोई फैसला ना लेकर!! वह हमारे पास ठीक वैसे ही आई जैसे एक बच्चे को आना चाहिए! अपने माँ-बाप से मदद लेना चाहिए।"

फिर माँ प्रेरणा को गले से लगा कर उसे दिलासा देने लगी।

-"हम तुमसे बहुत प्यार करते हैं बेटा"; पापा ने मुस्कुराते हुए कहा।

**॥ आसमान से जुड़ने चला है**

**पँख फैलाए उड़ने चला है**

**अरसों बाद निकल कर पिंजरे से**

**तलाश में ख़ुद को ढूँढने चला है ॥**

# भीगा प्यार

**"कुछ भी करने के लिए दिल में खुमार होना चाहिए,**

**इश्क़ करना है तो इश्क़ का बुखार होना चाहिए"**

शाम को अपने सारे जरूरी कामों को किनारे रख कर अभय और नेहा बेसबर हो कर हर रोज़ एक दूसरे को मिलने का इंतजार करते हैं। चोरी छुपे मिल भी ले तो वही 5 से 10 मिनट!! इतना वक्त तो एक दूसरे को प्यार से देखने में ही गुज़र जाता है।

आज मौका अच्छा है..

बाजार से कुछ सामान खरीद के लौटते वक़्त इतनी तेज बारिश हो गई...

अब घर वापस जाना मुमकिन नहीं था। बिजली भी चली गई थी, इतनी तेज बारिश! अगर रास्ते में कहीं फिसल गई तो हो गया सत्यानाश...!!

उधर अभय आज भी मिलने के लिए उतावला बैठा था। नया-नया प्यार है, उतावलापन तो प्यार में आम-सी बात है। नेहा के चेहरे को देखा किसी ने!

पहले से कई ज्यादा निखर गया है।

पर आज अगर नहीं मिलना हुआ तो फिर वापस से कल तक का इंतजार करना पड़ेगा।

इतना लंबा इंतजार ओफ्फो...!

बारिश बढ़ने लग गई थी...

अभय ने नेहा को फोन किया;

-"कहाँ हो यार???"

"अरे फँस गई हूँ" यहाँ नेहा ने चिढ़ कर जवाब में कहा।

-"पर हो कहाँ, मुझे बताओ ना मैं आऊँ क्या वहाँ पर???" अभय ने ख़ुद का प्यार उसकी परेशानी और नेहा की फ़िक्र और उसकी परवाह सब ज़ज़्बात उसने एक ही सवाल में ज़ाहिर कर दिया।

"नहीं! नहीं! तुम यहाँ मत आओ। कोई देख लेगा तो फिर..." नेहा ने घबराते हुए कहा।

"अच्छा सुनो ना वैसे...! तुम मिल पाओगे क्या??" ये सवाल पूछते वक़्त नेहा की आवाज बड़ी चुलबुली सुनाई दे रही थी।

-"क्या"; अभय ने हैरानी से पूछा

-"हाँ! मिल पाओगे क्या?"

-"अभी इस वक़्त पर कहाँ????"

-"वही हर रोज़ वाली जगह मैं आ रही हूँ......!"

ठीक है इतना कहते ही फोन कट गया।

अभय बिना कुछ सोचे निकल पड़ा तेज बारिश में उसी जगह जहाँ नेहा ने बुलाया था।

हर रोज़ यहाँ चहल-पहल मची रहती है, पर आज सिर्फ़ बारिश में गिरते पानी की मीठी आवाज।

**"हर घाव तकलीफ के गहरे नहीं होते**

**बगैर नकली पर्दे के चेहरे नहीं होते**

**गुनाह है शायद यहाँ दिल लगाना**

**वरना इश्क़ के खिलाफ पहरे नहीं होते"**

अभय वहाँ पर खड़े होकर बारिश में भीग कर ठंडे-ठंडे मचलते उछलते एहसासों के साथ नेहा का इंतजार कर ही रहा था, अचानक आई एक तेज रोशनी अभय के आँखों में चुभने लगी... फिर अभय ने गौर से देखा तो वह रोशनी नेहा लेकर आई थी, अपने नए वाले एक्टिवा पर आ रही थी वह।

अपनी गाड़ी से उतरने के बाद बगैर वक़्त ज़ाया किए नेहा दौड़ कर गई और उस ने भीगे हुए अभय को कसकर गले लगा लिया।

अभय के ठंडी बाँहों ने भी नेहा को कसकर जकड़ लिया...।

## अंकिता साहाणी

**"तेरी चाहत की, चाहत अलग है**

**तुझे चाहने की, चाहत अलग है"**

कुछ पल, जो दूसरों को परेशान करता है... वह पल किसी के लिए खास मौका भी बन सकता है। जैसे अगर बारिश ना हुई होती तो यह मौका कहाँ मिलता।

न जाने कितने ऐसे होंगे, जिनको बारिश से छिड़कते हुए पानी ने चिड़चिड़ा कर दिया होगा और वही बारिश की बूँदें किसी के लिए रोमांचक माहौल बना रही थी।

जिस पल में कुछ लोग थक कर बैठ जाते हैं... वही पल किसी और के लिए नई उम्मीद बन जाती है।

आज इस बारिश ने जैसे नेहा और अभय को एक-दूसरे के साथ कुछ पल ज्यादा बिताने का मौका दे दिया हो!

"दोनों के मचलते एहसास,  गिरते बादलों से कम नहीं..."

भीगे हुए बदन के साथ उनकी साँसे गर्म थी और इसी के साथ ही रोमांचक से भरा प्यार किसी को मीठे बारिश के पानी-सा लगने लगा। प्यार आज फिर भीग गया।

**"चाहत की अंगारा जलती जा रही है**

**बुझने के बज़ाय फैलती जा रही है**

**उसके इश्क़ ने काम घी सा किया है**

**जिनके सहारे आग बढ़ती जा रही है"**

# परिवार

आज पहली बार ऐसा हुआ था, कि पलंग के करीब वाली टेबल पर चाय पड़े-पड़े ठंडी हो रही थी...

माँ ने इस बार चिल्लाकर उठने को कहा

"आज तो हद ही हो गई। अभी बेटा, तू उठेगा या नहीं आज....! देख बेटा 12:00 बजने वाले हैं... अभी....."

माँ रसोई में थी दोपहर के लिए खाना बना रही थी। पर यहाँ कमरे में अभी जागा हुआ है!! फिर भी आज घड़ी में 12:00 बजने वाले थे, पर अभी ने चाय पिया क्यों नहीं....?

वह पलंग पर लेट कर ही माँ की आवाज़ भी सुन रहा था... उसकी लाल आँखें जल रही थी। रात भर सोया नहीं था।

-"अभी यह क्या तरीका है बेटा..?"

माँ कमरे में आकर चिल्लाने लगी,

बड़े ही धीमी आवाज में अभी ने जवाब दिया "हाँ" इतना कह कर फिर उसने अपना सर दीवार की तरफ घुमा लिया।

"देख बेटा कभी-कभी हो जाता है ऐसा, पर इसका मतलब यह तो नहीं कि हम हर बार के लिए आलसी बन जाए, बहुत कुछ है करने के लिए.... वक़्त हमारा इंतजार नहीं करता..

उठ जा वरना झाड़ू से मार खाएगा।"

माँ का तरीका भी बड़ा अज़ीब होता है, ना पता ही नहीं चलता गुस्सा दिखा रही है या प्यार जता रही है।

**॥ दुनिया भर कर की हुई-**

**मेरी हर ग़लती को सुधार कर,**

**पल्लू से अपने गाँठ बाँध लेती है ।**

**सारी दुःखती तकलीफों को,**

**अंकिता साहाणी**

**रोटी के साथ तवे में सेंक देती है ।**

**वो मेरी प्यारी-सी "माँ" !!**

**जो घर के कोने-कोने से**

**हर परेशानी को समेट कर ,**

**तड़के में राई जैसा**

**चूल्हे पर झोंक देती है ॥**

कुछ पल चुप रहने के बाद अभी ने माँ से कहा

"आप जाओ मैं आता हूँ"

माँ भी बिना ज्यादा कुछ कहे नीचे चली गई, जब थोड़ी देर बाद अभी नीचे गया, तो सब कुछ पहले जैसा ही था एकदम शांत। पापा बच्चों की तरह टीवी पर वीडियो गेम खेल रहे थे।

माँ ने फिर से एक कप गरम वाली चाय लाकर अभी को दी। अभी भी साधारण स्वभाव दिखाने की कोशिश कर रहा था। पर....!

वह समझ ही नहीं पा रहा था कि सब कुछ इतना ठीक कैसे है...!!??!!

-"अरे अभी बेटा वहाँ खड़े होकर क्या देख रहा है इधर आ मेरे पास बैठ", पापा बहुत उतावले थे, मगर अभी ने गुस्से में टीवी ही बंद कर दिया।

"पापा यह सब क्या है ...

क्या मेरी ज़िन्दगी से आप दोनों को कोई फ़र्क नहीं पड़ता....?

माँ भी ऐसे दिखा रही है जैसे कुछ हुआ ही नहीं..!"

"हाँ! तो क्या हुआ है??" पापा ने आराम से अभी को पूछा।

अंदर रसोई में रोटी बनाते वक़्त माँ के हाथ रुक गए और रोटी के ऊपर कुछ बूँदें पानी की टपक गई.... पसीना नहीं था वह आँसू था जो बहुत देर से आँखों के किनारे फँस गया था, कल दोपहर से ही बाहर निकलने की कोशिश कर रहा था..

“ज़ज़्बातों को छुपाना आसान नहीं होता बेटा हम कोशिश कर रहे हैं बस” पापा ने अभी को समझाया।

“बहू घर छोड़कर चली गई तो क्या हुआ, हमारा बेटा तो हमारे पास है ना!"

असल में बात यह थी कि सोनिया को बहुत पहले ही पता चल गया था, अभी कभी भी बाप नहीं बन सकता। पर अभी, सोनिया से बहुत प्यार करता था। सच जान ने के बाद सोनिया को नया बहाना मिल गया अभी से दूर होने का, किसी और के साथ एक नया चक्कर चलाने का। जब अभी ने यह सबसे इन्कार किया... सोनिया को समझाने की कोशिश की तो सोनिया, अभी से झगड़ने लगी...

अभी के साथ-साथ उसके परिवार वालों को भी भला बुरा सुनाने लगी। बाद में उसने अपने परिवार वालों के साथ मिलकर कानून का सहारा लिया और अभी को तलाक देने पर मज़बूर कर दिया...

कल वही दिन था जब सोनिया अभी और अभी के माँ-बाप को बहुत ऊँच-नीच सुनाते हुए परिवार की बेइज़्ज़ती करते हुए अभी और उसके घर वालों को हमेशा हमेशा के लिए छोड़ कर चली गई। इस हादसे को अभी सहन नहीं कर पाया था। माँ-पापा भी तो टूट गए हैं पर वह संभलने की कोशिश कर रहे हैं, अपने बेटे के सामने में मजबूत बनने की कोशिश कर रहे हैं, उसकी तकलीफ समझते थे इसीलिए अपनी तकलीफ को छुपाने की कोशिश कर रहे हैं। अभी रसोई में पानी पीने के बहाने गया और उसने अपनी माँ को रोता देख लिया

-"अरे! माँ यह आप क्या कर रहे हो.! जल्दी से खाना बनाओ भूख लगी है यार मुझे... और हाँ आप ना पापा को समझा दो कि ऐसे नौटंकी या चालाकी नहीं चलेगी, उनसे जीतूँगा तो मैं ही"; इतना कहकर पानी का बोतल लेकर वह बाहर चला गया। बेटे के जाने के बाद माँ ने भी हल्की-सी मुस्कान दे दी।

शायद कभी-कभी एहसासों को छुपाना उन्हें जताने से ज्यादा जरूरी हो जाता है।

**"ये ज़मीं कैसी बंज़र है**

**ये चुभा कैसा खंज़र है**

**वक़्त को भी तमीज़ नहीं**

**ये बत्तमीज-सा मंज़र है"**

## "आखिरी गवाह"

अंशू उस वक़्त कुछ लिख रही थी, अपने पर्सनल डायरी पर, क्यों की हर रोज़ बीती बातों को लिखना उसे अच्छा लगता था!

वह सबसे खास कविता पढ़ रही थी, जो उसने ख़ुद लिखा था;

**"हाँ! मुहब्बत मुझे भी हुई थी**

**उन फसलों से, उभरते दरारों से**

**पर शायद वह मुहब्बत नहीं !!**

**हाँ! मुहब्बत मुझे भी हुई थी**

**उन कांटों से,  खिलते गुलाबों से**

**पर शायद वह मुहब्बत नहीं !!**

**हाँ! हुई थी मुझे भी मुहब्बत**

**उन रास्तों से, बिखरे ख़्यालों से**

**पर शायद वह मुहब्बत नहीं !!**

**हाँ! हुई थी मुझे भी मुहब्बत**

**कुछ मतलब से, मतलबी बातों से**

**नहीं, शायद वह मुहब्बत नहीं !"**

पर अचानक किसी बात ने, नहीं-नहीं! अचानक किसी याद ने उसे सताना शुरु कर दिया।

वही याद, जो अंशु भूलना तो चाहती थी... पर कोई ना कोई वज़ह बन कर वह याद, याद आ ही जाती है।

आज फिर वही हुआ!

उसे याद है, किस तरह अंशु और श्रावणी बचपन में मौज-मस्ती किया करते थे, खूब सारी बदमाशी किया करते थे, और दूसरों को ठीक वैसे

ही सताते थे जैसे अब  इन यादों ने उस ही को सताना शुरु किया है।

अजीब बात तो ये है कि वह सारी यादें तो साथ है, पर ! उसकी दोस्त श्रावणी नहीं....  खैर!

उन बचपन कि यादों के साथ,  श्रावणी अब ख़ुद एक याद बन चुकी है।"  पर जो भी हो मुझे तेरी बहुत याद आती है! तू जहाँ भी हो,  मैं दुआ करती हूँ खुश ही हो"

**"मैं अपनी तनहाई के साथ**

**दिन गुज़र जाने का इंतजार करती हूँ**

**हर नए लम्हें में ...**

**एक नए गम का दीदार करती हूँ**

**आसान थोड़ी है हर वक़्त-वक़्त से जूझना**

**उम्र से पहले ही ख़ुद से रूठना**

**मैं हर नई उम्मीद में**

**बढ़ते फसलों का एतबार करती हूँ"**

अब ये सब याद करते-करते एक हाल ही का किस्सा याद आ गया !

उफ्फ! ये यादें!!

उस दिन की याद, जब सब दोस्त साथ में मिलकर, साथ में बैठ कर हिन्दुस्तानी संगीन का रियाज़ कर रहे थे, क्योंकि ठीक अगले सुबह ही उनके कॉलेज में बहुत बड़ा कार्यक्रम होने वाला है। उस देर रात के रियाज़ करने के साथ-साथ कुछ पल जो उनको मिले थे। एक-दूसरे के साथ बिताने के लिए, आज तक वह मौका इन लोग को दोबारा नहीं मिला, उन्होंने बहुत ही खूबसूरत तरीके से उस रात को एक-दूसरे के साथ यादगार तरीके से गुजरा था।

वह साथ मिल कर सब का एक साथ रियाज़ शुरू करना, किसी एक की गलती सब एक-दूसरे का मुँह देखना, कुछ पल के लिए रुक जाना, एक-दूसरे को गलती करने पर दोष देना, बदमाशी और खुराफाती के चक्कर में रियाज़ करने पर अच्छे से ध्यान ना दे पाना........

एक-दूसरे को देख के अपनी परेशानी ज़ाहिर करना और सब से शांत रहने वाले प्रीतम का सब के ऊपर जोरों से चिल्लाना !!

आह, ये सब और कहाँ हो पाया दोबारा ....

उस रात प्रिया की तबीयत भी ज़रा खराब थी, इसलिए अंशु प्रिया का ध्यान रखने के लिए वहाँ से जल्दी चली गई।

"चलो बाय! सुबह मिलते हैं"

**|| काश! हम इन लम्हों को**

**अपने हाथों से समेट लेते**

**फिर क्या! यह वक़्त भी रोक लेते**

**और कहीं जाने भी ना देते**

**यह पल, यह खुशियाँ**

**यह साथ मिलकर रोना**

**इन मस्ती के बहाने**

अंकिता साहाणी

साथ मिलकर गुनगुनाना

यह किस्से ना कभी खत्म होते

ना हम खत्म होने देते

काश! हम इन लम्हों को

अपने हाथों से समेट लेते

फिर क्या! यह वक़्त भी रोक लेते

कहीं जाने भी ना देते

घंटों बतियाते

अपने ज़ज़्बात सुनाते

हालात चाहे जो भी हो

अपने एहसास समझाते

फिर उन पुराने गलतियों को

एक बार और दोहराते

बुलाकर किसी याद को

बदले की बहाने खूब सताते

**अगर ठहर जाता आज**

**तो कल की शिकायत ही सुनाते**

**काश! हम इन लम्हों को**

**अपने हाथों से समेट लेते**

**फिर क्या! यह वक़्त भी रोक लेते**

**और कहीं जाने भी ना देते ||**

अंशु और प्रिया काफी अच्छे दोस्त बन चुके थे, कॉलेज के उन आखिरी सालों तक।

अरे हाँ! आज भी जब अंशु, प्रिया को वह सारी पुरानी बातें बताती है फोन में, तो दोनों मिलकर खूब हँसते हैं।

अब तो सारे दोस्त भी अपने-अपने रास्ते, पता नहीं कहाँ गुम हो गए हैं।

बस अगर भी कुछ साथ में है, तो वह है उन दोस्तों की और उनके साथ बिताए उन खास लम्हों कि यादें।

जो लम्हें, जो पल हमारे लिए खास होते हैं, उनकी चलती-फिरती तस्वीर हमारे मन में ऐसे छप जाती है, मानो जैसे उन्होंने हमारे अंदर कहीं पर अपना घर बना लिया हो!

और ऐसे ही याद बन कर बार-बार हमारे पास आती हैं और बेवज़ह ही सताती हैं !

बेचारी अंशु!!!!

उसके आँखों से पानी तो छलक रहे थे, पर अपने गुलाब से होठों को खोल कर उसने खिलखिला ते हुए हँस दिया।

उसके होंठ फैलते ही आँखों से पानी की कुछ बूँदें नीचे कागज़ पर गिर गए।

अब उन सारे लम्हों को कैद करना तो आसान नहीं, याद रखना भी थोड़ा-सा मुश्किल है........

इसलिए उस दिन उसने अपनी डायरी में यादों के गवाही पर कुछ ये लिखा-

***|| वही लम्हें कीमती होते हैं***

***जिन लम्हों में हम दिल से जीते है,***

***दोबारा कुछ वैसा ही होगा!***

***उसका तो पता नहीं,***

***पर वह हमेशा के लिए***

***याद बन कर, साथ रह जाते हैं.. ||***

# पुराने घर की याद

तिवारी जी बैठ कर Mrs. तिवारी की वह शायरी याद कर रहे थे...

**॥ अब इन ज़ुल्फ़ों को सँवारना**

**मुझे अच्छा नहीं लगता**

**अब इन पलकों को निखारना**

**मुझे अच्छा नहीं लगता**

**जब से बसी है निगाहों में**

**नाराज़गी उनके,**

**तब से ख़ुद को निहारना**

**मुझे अच्छा नहीं लगता ॥**

और यहाँ शाम के साथ चिड़ियों की गूँज, ये याद दिला रही थी कि कैसे वह बेसबर उड़ ते जा रहे हैं घर की तरफ वापस!

कुछ नहीं होता उस घर में, बस एक बैठने की जगह, कोने में सोने की जगह और कुछ अपनों के साथ वह चार दीवार घर बन जाता है!

हर बीतते पलों के साथ तिवारी जी की याददाश्त भी धुँधली होते जा रही थी।

पर बहू के हाथों से उस चाय की पहली चुस्की लेते ही मानो जैसे वह धुँधली-सी तस्वीर साफ हो गई हो.... उस यादों वाली घर की!

कई साल बीत गए, इतने साल की अब तो याद भी नहीं !

वह आम का पेड़ जो बिल्कुल घर के करीब था, उसकी टहनी घर के छत पर रहती थी।

हर शाम उस टहनी में लटक के "तिवारी जी" बड़े हो कर शहर आने के सपने देखा करते थे।

वैसे ही चिड़ियों की गूँज, वहीं ढलती शाम, और माँ की पुकार "घर आजा अब"।

## अंकिता साहाणी

*****************

फिर याद धुँधली हो गई, चाय के ख़त्म होते ही।

बारिश में वह पानी का छत से टपक ना,

गर्मियों में आम के गुठलियों को टूटे खिड़की के दीवार पर सम्भल कर रखना,

सर्दियों में उस घर के बाहर आग लगा कर सब के साथ बैठना और बड़े भैया के साथ बातों-बातों में लड़ाई करना, सब कुछ होता था उस यादों के घर में, जहाँ सिर्फ़ अब यादें रहे गई।

अब तो खिड़की के साथ दरवाज़ा भी टूट गया होगा !

आम के पत्ते भी सूख गए होंगे,

ना जाने अब कौन झाड़ू लगता होगा,

जैसे माँ लगाया करती थी।

यादों के साथ वह घर भी धुँधला होने लगा है,

पर फिर भी होंठों पर वह मुस्कान बता देती है,

की तिवारी जी बहुत खुश हैं, अपने उस

"यादों के घर में"

"अज़ीब-सा तनाव,  अज़ीब ये परेशानी है !
जैसे किसी मुहाज़िर की कहानी पुरानी है !
सितारों-सी चमक जिसका हो अँधेरों में बसेरा,
वैसे ही ठहरी मेरे पास तेरी हर निशानी है !!"

# पहली शाम

**॥ जरूरी नहीं कि हर कहानी पूरी हो**

**या अधूरे रिश्ते में किसी गैर का होना**

**जरूरी हो ॥**

शाम हो गई है और घड़ी की सुई 5:15 के वक़्त पर अटक गई थी। वह आज सज-सँवर कर घर से निकली है।

आज शायद उसकी ज़िन्दगी का सबसे अहम दिन है

पिछली रात से जिस घड़ी के बारे में इतना सोचा, जिस पल के लिए ख़ुद को इतना तैयार किया, वह पल अगर इतनी जल्दी आकर सामने खड़ा हो जाए तो हर कोई बेचैन हो जाता है, हर शख़्स परेशान हो जाता है। क्या करना चाहिए, क्या नहीं करना चाहिए, यही सोचते-सोचते बौखलाने

लगता है। फिलहाल इसका भी कुछ यही हाल हुआ पड़ा है।

"पता नहीं कब आएगा... कब से खड़ी हूँ यहाँ!!"; कांपते हाथों से फोन पकड़ स्क्रीन पर नजरें गड़ा कर वह बार-बार वक्त देख रही थी। आज यह वक्त भी कछुआ बना पड़ा है, धीरे-धीरे बीत रहा है और दिल की धड़कन एक खरगोश की तरह दौड़ रही है।

इंतजार करते-करते जब वह थक गई, तो सामने लगे उस टीले के पास चली गई जहाँ एक बूढ़ी से चाचा गरम-गरम समोसे और पकौड़े तल रहे थे।

-"चाचा! समोसे देना"

-"खाओगी या लेकर जाओगी?"; समोसे वाले चाचा ने पूछा

-"नहीं! यहीं पर खाऊँगा"; इतना कहकर वह रास्ते के दूसरे किनारे देखने लगी।

"बिटिया तीखी चटनी दूँ या मीठी दूँ?"; समोसे वाले चाचा ने एक छोटे से पतीले में कच्ची हिलाते हुए पूछा।

"रहने दो, मुझे नहीं खाना!" हिचकिचाते हुए उसने कहा और वापस वही चली गई जहाँ वह पहले खड़ी थी।

अब वाकई बहुत वक़्त हो गया है। घर भी जाना है.... देर हो रही है..... रास्ता भी सुनसान!

उसकी बेचैनी धीरि-धीरि परेशानी में बदलने लगी। अब तो उसे ऐसा लगने लगा है, जैसे सामने लगे पेड़ भी उसे ही घूर-घूर कर देख रहे हो।

पीछे से हॉर्न की आवाज आई.... जैसे ही वह पीछे मुड़ी, काले रंग की बुलेट में... तोते के रंग का टीशर्ट और काला जींस पहनकर शिवम् गली से आते हुए उसने देखा।

बुलेट को सीधा लाकर उसके सामने शिवम् ने रोक दिया।

"हाय! प्राची कैसी हो!?!" मीठी और धीमी आवाज से पूछे गए सवाल पर प्राची ने कोई जवाब नहीं दिया। वह बगैर अपनी पलकों को छक्काए शिवम् को देखने लगी और उसने मुस्कुरा कर कहा; "अब से हम दोनों ही ठीक रहेंगे आज से हमारी ज़िन्दगी की नई शुरुआत जो होने वाली है!"

-"तुमने यह ठीक से सोचा है ना?? या मेरी खुशी के लिए अपना फैसला सुनाने में जल्दबाजी कर रही हो ......?"

जब यह सवाल शिवा ने पूछा तो प्राची ने फट से जवाब दे दिया; "अरे! नहीं बाबा...! कल रात भर मैंने इसके बारे में सोचा, तब जाकर तुम्हें आज यह बोल पा रही हूँ।"

**॥ जल्दबाज़ी में शायद गलत फैसले भी हो सकते हैं**

**अगर ज़रा-सी देर हो जाए तो घाव गहरे भी हो सकते हैं ॥**

हुआ यह था कि 2 दिन पहले प्राची और शिवम् के बीच बहस हो गई थी.... प्राची को शहर से बाहर जाकर काम करना था और शिवम् इसके सख्त खिलाफ था। ऐसा बिल्कुल भी नहीं कि शिवम् नहीं चाहता था। प्राची काम करे या अपना भविष्य बनाए। अपने से दूर, शहर से बाहर प्राची को भेजकर यहाँ कैसे शांति से रह सकता था भला!

प्राची ने उसे बहुत समझाया....

पर शिवम्...... वह कहाँ मानने वाला था।

"नहीं मैं नहीं चाहता तुम दूसरे मर्दों से मिलो, दोस्ती करो उनके साथ.... उनके बीच रहकर काम करो। वह भी मुझसे दूर शिवा ने गुस्से में आकर यह सब कह दिया।

-"तुम मेरी आजादी इस तरह नहीं छीन सकते और दुनिया में ऐसी कौन-सी जगह है, जहाँ मर्द कामना करते हो"; प्राची का कहना भी तो ठीक था।

इस पर शिवम् ने प्राची को बोला;

"देखो प्राची तुम ना यह सब करके सिर्फ़ मेरी परेशानी बढ़ाती हो, मेरी तकलीफ़ को बढ़ाती हो.... अब तुम यह फैसला कर लो कि तुम्हें क्या करना है। या तो इन सब को छोड़कर तुम मेरे साथ आराम से रहो, या मुझे भूल जाओ और इन सब को लेकर अपनी ज़िन्दगी में आगे बढ़ो ..."

अब क्या प्राची ने इतना सुनते ही गुस्से में आकर फोन काट दिया और वहाँ इन सब के पास शिवम् की नींद ही उड़ चुकी थी.....

अब क्यों की शिवम् को नींद नहीं आ रही थी तो वह चाय बनाने चला गया.... चाय बनाते-बनाते ही उसने यह सोचा;

**॥ मेरी ना मौजूदगी को**

**अपनी कमजोरी बनने मत देना**

**मेरी याद आए कभी तो**

**अपनी नजरों को रोने मत देना ॥**

2 दिन तक दोनों में कोई बातचीत नहीं हुई,

कल रात ही प्राची ने शिवम् को कॉल किया और कहा ; "शिवम् मुझे माफ कर दो"

-"हममम्मम"; शिवम् की आवाज बहुत धीमी सुनाई दे रही थी।

-"तुम्हें मुझ से कहीं ज्यादा बेहतर लड़की मिल जाएगी"; प्राची के इस बात को सुनने पर भी शिवम् ने कुछ नहीं कहा।

-"शायद हम दोनों का एक दूसरे से दूर हो जाना ही हमारे लिए बेहतर है.... शायद इस से तुम्हारी

तकलीफ कम हो जाए और तुम खुश रहो"; प्राची के तरफ से आवाज आई।

-"मेरा वह मतलब नहीं था प्राची!"; इस के आगे शिवम् कुछ कहा ही नहीं पाया।

-' तुम्हें हमेशा ही मेरी खुशियों से परेशानी होती है शिवम्... तुम मेरे साथ कभी खुश नहीं रह सकते और ना मैं तुम्हारे साथ....!"

यह सब सुनकर शिवम् कहता भी तो क्या!

वह कैसे समझा था कि प्राची की खुशी उसके लिए क्या मायने रखते है। वह कैसे समझाता कि प्राची की खुशी से नहीं उसकी दूरी से शिवम् को तकलीफ होती है, वह कैसे समझाता कि प्राची ने कभी भी अपनी खुशियों में शिवम् को शामिल ही नहीं किया जिस बात से शिवम् को दर्द होता है, और इतना दर्द होता है कि, अपने सीने में तेजी से उतरते-चढ़ते खून को वह महसूस कर सकता है।

-"प्राची सुनो ....मेरी तबीयत ठीक नहीं है बाबा।

हम कल मिलकर बात करते हैं, मेरे घर के पीछे वाली गली में जो जगह है ...तुम वहीं आ जाना।"

-"हाँ! मेरी बातें सुनकर तुम्हारी तबीयत खराब हो ही जाती है !";इतना कहकर प्राची ने फोन काट दिया।

शिवम् ने एक लंबी साँस भरी.....

"क्या हुआ??"; सामने खड़ी प्राची ने पूछा।

-"नहीं! नहीं! कुछ भी तो नहीं हुआ"

-"तो क्या मैं जाऊँ??"; प्राची ने पूछा।

शिवम् प्राची के नज़रों में देखकर यह जाने की कोशिश कर रहा था, क्या यह वही लड़की है.. जिस लड़की को वह प्यार करता था!!!! जो लड़की शिवम पर अपनी जान छिड़कती थी....

शायद नहीं..;

**॥ काश! उस वक़्त यह वक़्त**

**ठहरा ना होता**

**तो आज मेरे हर ख़्वाब में**

**तेरी यादों का पहरा ना होता ॥**

"हाँ जाओ"; शिवम् ने बगैर अपनी पलकों को छप जाएगा जी से कह दिया जाओ।

प्राची मुड़ गई...

जाने लगी...

अपनी लाल आँखों से शिवम् तब तक प्राची को देखता रहा जब तक वह जाते हुए उसे दिखती रही। ना प्राची ने दोबारा मुड़ कर पीछे देखा और ना ही शिवम अपने आँसुओं को रोक पाया।

आज फिर, एक प्यार समझाने में चूक गया और दूसरा प्यार को समझने में चूक गया।

**॥ वह आई थी मुझसे मिलने, पर..**

**उसने मेरा हाल ना पूछा**

मैं कैसा हूँ मुझसे ये सवाल न पूछा

दिलासा देकर चली गई

किसी गैर की तरह

तमाशा होने के बाद

पर क्यों हुआ ये बवाल न पूछा

उसने मेरा हाल न पूछा....

कैसा हूँ सवाल न पूछा ! ॥

# मतलबी

**॥ कल तक जिनको मतलब था**

**आज उन्हीं ने अजनबी बना दिया**

**अनजान कह देते तो भी चलता**

**उन्होंने तो हमें मतलबी बना दिया ॥**

पापा ...पापा इधर आओ ना ...

पापा यह देखो।

जल्दी आओ ना पापा !!

अरे पापा क्या कर रहे हो...

यहाँ ...इधर!!!!"

-"हाँ ....हाँ बेटा आ रहा हूँ"

(अँधेरे कमरे में न जाने किस रोशनी के पीछे मोहन जी पागलों की तरह भाग रहे थे)

-"अरे! क्या हुआ आपको फिर आज दौरा पड़ा है.... आपने फिर दवाई नहीं ली ना???"

-"जयंती ...तुम सुन क्यों नहीं पा रही!"

-"क्या सुनूँ में ...? कुछ नहीं है सुनने को यहां!! सिर्फ अँधेरा है, हमारी ज़िन्दगी की तरह कुछ भी नहीं है यहाँ।"

-"नहीं जयंती..."

-"अब बस" (जयंती ने मोहन को रोक दिया, कुछ कहने ही नहीं दिया। मौका ही नहीं दिया कुछ बोलने का)

एक तो "कल्पना" के जाने के बाद मोहन जी की बीमारी और "सपना" की उम्र हो रही है शादी

करने की, दूसरी तरफ ख़ुद इतनी चिड़चिड़ा-सी गई हैं ...परिवार की जिम्मेदारी संभाल ना है। इतना सब कैसे कर सकती है वह अकेले। छोटा बेटा रवि तो अभी उतना बड़ा हुआ नहीं कि उसे आधी जिम्मेदारी सौंप दें।

-"हे भगवान! नहीं कर सकती मैं अब यह सब नहीं होगा मुझसे बहुत हो गया।"

अचानक रसोई से चिल्लाने की आवाज़ आयी ;

"आह!!"

आवाज सुनते ही सपना रसोई के तरफ दौड़ते हुए गई ;"माँ ....अरे! माँ अब छोड़ो यह सब ...मैं कर देती हूँ!"

-"अरे! नहीं तू जा, कपड़े तेल लगाना जा।"

-"माँ चाय गरम थी ना! आपके हाथों पर गिर गई हैं क्या आपको जलन महसूस नहीं हो रही???

माँ आप भी पापा की तरह बीमार हो गई हो, अपने आप से बात करती हो... काम पर ध्यान नहीं देती ख़ुद को नुकसान पहुँचाने लगी हो ...छे...।"

एक अनहोनी होने के बाद कैसे सब कुछ इतना बदल जाता है...

कल्पना के जाते ही सब बदल गया ...

-"नहीं उसकी कोई गलती नहीं थी। शायद हमारी किस्मत में ही, यही लिखा था यही होना था शायद हमारे साथ।"

**॥ कदर नहीं है जिनको हमारी**

**उन्हें ये नज़रें पहचान क्यों नहीं लेती**

**ज़िन्दगी ने तो साथ छोड़ ही दिया है**

**तो मौत हमें थाम क्यों नहीं लेती ॥**

अपने आप से बात करते-करते, अपने आप को दिलासा देते देते ...

जयंती कमरे की तरफ़ जाने लगी।

यह सब और सपना से बर्दाश्त नहीं हो रहा था।

उसे ऐसा लगने लगा था कि उसके और उसके छोटे भाई रवि की किसी को फ़िक्र ही नहीं।

बस हर कोई बड़ी वाली से ही प्यार और लगाव रखता है.... अब वह नहीं रही तो सब लोग मानो जैसे जबरदस्ती जिंदा है।

अब तो ना घर पर कोई त्यौहार मनाया जाता है और ना कोई अच्छे से मुस्कुराते हुए नजर आता है। सपना का मन कर रहा था कि अपने छोटे भाई को लेकर सब कुछ छोड़-छाड़ के कहीं चली जाए, लेकिन वह कल्पना जैसी गलती नहीं करना चाहती। वह जानती थी, वह समझती थी... किस तरह से अपनों के छोड़ देने पर इंसान अंदर से टूट जाते हैं और चाह कर भी ख़ुद को समझ नहीं पाते।

वह कोशिश करती है अपने माँ-पापा को बताने की, शायद उन्हें बुरा लगे इसीलिए वह चुप रहती है खामोश रहती है। वह अपनी आँखों के सामने अपने माँ-बाप को ऐसे तड़पता हुआ भी तो नहीं देख सकती थी। वह बहुत ही अच्छी तरह से यह बात समझ चुकी थी, कुछ लोग अपने मतलब के लिए इतने मतलबी बन जाते हैं कि उन्हें यह दिखाई नहीं देता जो लोग बगैर किसी मतलब के उनके साथ जुड़े होते हैं, फिर अचानक उनसे बिछड़ने के बाद ख़ुद से ही बिछड़ जाते हैं।

**॥ फिर दर्द उस आवाज में गरज़ रहा था**

**वह कागज़ अपने ही आप में उलझ रहा था**

**हर एहसास लिखा था किसी पन्ने पर**

**पूरा किताब उसी एहसास में जलज़ रहा था ॥**

# एक तरफ़ा याद

आज एक और दिन गुजर गया बगैर किसी परेशानी के!

आज भी बात नहीं हुई...

वक़्त रात का था, सुबह से समाचार में बताया जा रहा है कि पास के शहर में बहुत जोरों की बारिश हो रही है। मौसम यहाँ पर भी खराब होने वाला था। रिया छत में बैठ कर पेड़-पौधों को हिलते देख रही थी, वह देख रही थी उन्हें झूमते हुए....

नाचते हुए, गाते हुए...

उसको ऐसा महसूस हो रहा था जैसे वह आपस में बात कर रहे हैं।

"क्या यह भी प्यार करते होंगे?!?!?"

अब इन्हीं सब चीजों में रिया का ध्यान लगा रहता है। रिया अब हर छोटी चीज को गौर करने लगी थी, मगर हाँ उसने ख़ुद को प्यार करना सीख लिया है.....

क्यों की वह जानती थी;

**॥ कुछ बित गए लम्हें**

**कुछ का गुज़रना अभी बाकी है**

**कुछ गिरा गए जाते जाते**

**कुछ से सम्भलना अभी बाकी है ॥**

ख़ुद से प्यार करने के लिए उसके पास कई सारे मकसद है, कई सारे वज़ह है।

राजीव के बगैर रहने की आदत, उसके साथ रहने की आदत से कई ज्यादा अच्छी है।

राजीव की कमी उसकी हर चाय की कप पूरी कर देती है।

वैसे वज़ह कुछ भी नहीं!

ना साथ रहने की वज़ह थी और ना साथ ना रहने की वज़ह है.....

"खैर मुझे फ़र्क नहीं पड़ता, क्योंकि उसे कोई फर्क नहीं पड़ता।" अगर रिया को फ़र्क नहीं पड़ता तो वह राजीव की यादों के साथ क्यों रहती है..

उसकी यादों से बातें क्यों करती है??

शायद रिया नासमझ है। अभी भी वह बैठ कर उन पेड़-पौधों को ही देख रही है, उनकी बातों को समझने की कोशिश कर रही है। अकेली बैठी है कुछ भी कर सकती है।

उसकी मर्जी......

कुछ चीजें ज़िन्दगी में बेवज़ह होती है,

जिनके पीछे कई सारी वज़ह होती है

और शायद गहरी वज़ह होती है।

**"वह अकसर किए वादे भूल जाते हैं**

**रिश्ते नाते भूल जाते हैं**

**हद तो तब होती है**

**जब वह अपने फायदे देख**

**साथ रहने के कायदे भूल जाते हैं"**

# अनोखा इज़हार

"एक बात बताऊँ क्या तुम मेरी बात पूरी सुनोगे???"

रूचा जाने ही लगी थी कि पीछे से आवाज आई "अरे रुको.... सुनो यहाँ!" मनीष ने रुचा को रोक लिया। रुचा के कदम रुक तो गए पर वह थोड़ा-सा सहम गई थी.....

"कुछ बता रही थी ना तुम"; मनीष ने पूछा

**"उसकी हर पसंद के इलावा**

**मुझे कुछ और पसंद नहीं**

**उस कोई और करे पसंद मेरे इलावा**

**ये बात मुझे पसंद नहीं ;**

मेरी पूरी बात सुनोगे!!!???.... आखिर तक?"; रुचा ने नज़रें चुराते हुए गर्दन को झुका कर सवाल किया।

"पर क्यों"

मनीष की आवाज तीखी सुनाई दे रही थी और वह बहुत हैरान था।

"सवाल का जवाब अगर सवाल ही है, तो मुझे नहीं बताना" इतना कह कर चाय का कप कूड़े दान में फेंकते हुए दमदमा कर रुचा भाग गई।

"तुम्हारा नाम तो बताते जाओ... "चिल्लाते हुए मनीष, रुचा के पीछे भागने लगा।

आखिर एक अनजान लड़की अगर आपके सामने आकर ऐसे ऊँट-पटांग सवाल करेगी तो इसका कोई कैसे प्रतिक्रिया दिखाएगा भला, यह तो मनीष को समझ ही नहीं आ रहा था। वह बस उसे ढूँढने के चक्कर में यहाँ-वहाँ भाग रहा था। इतने में हटिया से कल्याण जाने वाली ट्रेन प्लेटफार्म पर लग चुकी थी।

भागदौड़ और भीड़ बढ़ गई। काफ़ी लोग अपना सफ़र पूरा कर के ट्रेन से नीचे उतर रहे थे, तो

काफी लोग अपने मंजिल पर पहुँचने के लिए ट्रेन पर चढ़ रहे थे। अब उस लड़की को ढूँढने का आखिरी मौका था मनीष के पास। कुछ ही मिनट में ट्रेन चलने वाली थी....

करीब 2 मिनट 3 मिनट बचे थे।

"ओ हो, यार! घर पर क्या कहूँगा, एक लड़की के लिए यह सब......"

नज़र इधर-उधर हो रही थी, उस लड़की को ढूँढ रही थी....

कभी आगे कभी पीछे हर तरफ़ रुचा को तलाश रही थी।इतने में ट्रेन चल पड़ी।

"आखिर वह लड़की कहना क्या चाहती थी..??"

दिमाग में यह बात चल ही रही थी कि पता नहीं मनीष ने क्या सोचा फिर अचानक से ट्रेन के पीछे भागने लगा;

"अरे रुको.... रोको कोई... छे!

कहीं वह ट्रेन में तो नहीं बैठी थी, कहीं इस ट्रेन के साथ-साथ वह भी तो नहीं चली गई"

बेचारा मनीष थक गया था भागते-भागते...

अब तो ट्रेन भी स्टेशन छोड़ चुकी थी।

ट्रेन के जाते ही प्लेटफार्म पर भीड़ कम हो गई थी। उसके चेहरे पर पछतावा तेजी से झलक रहा था। वह पास वाली दुकान से जाकर एक पानी का बोतल खरीद कर लाया....

उसने एक दो घूंट ही पानी पिया होगा बाकी का पानी अपने सर पर डाल लिया, जो सीधा उसके बालों से बहते हुए उसकी गर्दन की ओर जा रहा था... उसने एक पीले रंग का जैकेट और वाइट रंग का टी-शर्ट पहना था जो कि उस पर खूब जँच रहा था। उसके कपड़े पूरी तरह से भीग चुके थे, असल में उसका पसीना और वह पानी मिल गया था।

खैर ...वह अपने होंठों को दबाकर, आइब्रो को माथे पर चढ़ाकर सामने पड़े प्लेटफार्म की बेंच पर बैठने चला गया। कुछ सोचने के लिए, कुछ देखने के लिए जब उसने अपनी नजरें घुमाई अरे! यह क्या दूसरे किनारे कौन बैठा है...;

"ओ मैडम" मनीष ने चिल्लाया

"हाँ!" रूचा कोई किताब पढ़ रही थी इसलिए वह चौंक गई।

"तुम पागल हो क्या???? या मुझे पागल सोच कर तुमने मुझे अपनी बातों में उलझा दी?!?!" मनीष ने भड़कते हुए पूछा

"नहीं तो!" रूचा ने बड़े ही मासूमियत के साथ मुस्कुराते हुए जवाब दिया।

"अच्छा सुनो क्या तुम मेरी पूरी बात सुनने आए हो??? तो ठीक है, यहाँ मेरे पास बैठो मैं तुम्हें सब बताती हूँ!!"

-"ऐसी कौनसी बात है यार तुम्हारी, जल्दी बताओ"

-"मैं बताती हूँ पहले तुम मेरे पास तो बैठो"

मनीष ने आखिर उसकी बात सुनने के लिए ही तो इतने पापड़ बेले हैं, इसलिए चुपचाप उसके पास बिना कुछ सोचे ही बैठ गया।

-"वैसे तुम्हारा नाम क्या है"; मनीष ने पूछा

-"मैं रूचा मुंबई से"

-'मैं मनीष मैं भी मुंबई से हूँ यार"

मनीष बहुत ज्यादा उत्सुक था

-"अच्छा चलो तुम अपनी बात फटाफट से बताओ अब........!"

-"मैं एक औरत से मिली, ज़िन्दगी में वह ऐसी पहली औरत है जिसके बारे में मैं इतना सोच रही हूँ..."

मनीष की हैरानी जाहिर थी इसलिए उसने पूछा;

“कौनसी औरत...?"

-"हमम्मम्म... उम्र करीब 26-27 के आसपास होगी, जिसे पढ़ने लिखने का बहुत शौक़ है ख्यालों में खोए रहना वह पसंद करती है। घूमने का भी शौक़ रखती है।

बदन ज़रा भरा हुआ और लचकीला, एकदम साफ रंग, सीधी नाक और अपने ख़्यालों में खोए रहती है। जितना अपने सपने को पूरा करने का जुनून उस में है, उतने बखूबी घर परिवार की जिम्मेदारियों का एहसास भी है उसे।"

इतना कहकर उसे चुप हो गई....

मनीष अजीब नज़रों से रूचा को ऊपर से नीचे तक देख रहा था, "कहीं ये लड़की अपनी तारीफ़ तो नहीं कर रही!!!"

रूचा ने मनीष को यह भी बताया कि उस औरत को किताबें पढ़ने का बहुत शौक़ है, साथ में यह भी बताया कि कौनसी किताब उस औरत की सबसे ज्यादा पसंदीदा किताब है।

पर मनीष अभी भी कुछ समझ नहीं पाया था। समझता भी कैसे! रूचा की बातें खत्म होने के बावजूद भी अधूरी-अधूरी जो थी।

"यह लड़की या तो दिमागी रूप से बीमार है, या इसके साथ कोई बड़ा हादसा हुआ है"; मनीष ने अपने आप से कहा।

अब क्योंकि रूचा शांत बैठी थी, तो उसने पूछ लिया; -"वैसे कहाँ मिली थी तुम उस औरत से"

-"अभी, थोड़ी देर पहले जब मैं स्टेशन के अंदर आ रही थी तब!"; रूचा ने बिना कुछ सोचे जवाब दे दिया।

-"वैसे तुम्हें पता है उसके पति कैसे दिख रहे थे??"

-"कैसे दिख रहे थे?";मनीष ने पूछा..

-"बिल्कुल तुम्हारी तरह, हाँ! बिल्कुल तुम्हारी तरह..."

रूचा की यह बात सुनने पर मनीष ने फटाफट से अपना फोन निकाला और वह फोन के सामने वाले कैमरे से अपना चेहरा देखने लग गया

फिर मनीष ने उससे कहा;

-"अभी थोड़ी देर पहले तुम उससे मिली और तुम उस औरत के बारे में इतना कुछ जान गई।"

अब तो मनीष 100% दावा कर सकता है कि इस लड़की में कुछ तो गड़बड़ जरूर है...

पर उसके इसी हरकतों ने तो मनीष को अपने शहर वापस जाने से रोक लिया...

ऐसी अजीब लड़की के चक्कर में मनीष ने अपने सामने ही खड़े ट्रेन को बिना सोचे समझे जाने दिया।

अपने शहर वापस नहीं गया बस इसी पागल लड़की के चक्कर में।

जितने गहरे काले रूचा के बाल हैं, उतने ही गहरे मनीष को रूचा की बातें लग रही थी, पर वह उनका कोई भी मतलब समझ नहीं पा रहा था। अब रूचा के फिजूल की बातों में मनीष की दिलचस्पी कम होने लगी और वह ख़ुद को

कोसने लगा। किस  पागल के लिए उसने इतना वक़्त अपना बर्बाद कर दिया,  अपनी ट्रेन छोड़ दी।

मनीष के इस उखड़े बर्ताव को देखकर रूचा भी वहाँ से चली गई .... ज़रा उदास और मायूस थी। पर इस बार मनीष में उसे नहीं रोका।  अचानक मनीष की नज़रें उस बेंच पर पड़ी जहाँ वह दोनों बैठे थे,  वहाँ एक किताब पढ़ी थी। जब करीब जाकर मनीष ने वह किताब उठाई तो,  यह वही किताब थी। जिसके बारे में रूचा ने थोड़ी देर पहले ही बताया था....

J.k  रॉलिंग की किताब "हैरी पॉटर एंड दी सीक्रेट चेंबर"।

मनीष पागलों की तरह खुशी से उछलने लगा।

मनीष रूचा के इस अजीब,  अनजान और अनोखे प्यार के इज़हार करने वाले तरीके को समझ नहीं पा रहा था।  जब उसे समझ में आया तो वह वापस से रूचा के पीछे बावले की तरह भागने  लगा।

|| मैं अश्क़ हूँ वह,

जो बहना चाहती है

हर हिस्से में तेरे

जो रहना चाहती है

अब ये राह अजीब भी

तेरे खातिर कबूल है मुझे!

मैं साँस हूँ वह,

जो बिखरना चाहती है ||

|| बातें तो बहुत है सुनाने को

पर हर किस्से को सुनाया नहीं जाता

अपने ज़ज़्बात को लफ्जों के सहारे

हर किसी को बताया नहीं जाता ||

www.ingramcontent.com/pod-product-compliance
Lightning Source LLC
LaVergne TN
LVHW060259051026
849517LV00003B/866
* 9 7 8 9 3 8 9 9 5 9 3 2 1 *